私たちがいつも二度会う理由

終わりの始まり

ジェシカ・ヒンツ

米国
2024年

インプリント

本のタイトル：なぜ私たちはいつも二度会うのか
本のサブタイトル: 終わりの始まり
著者: ジェシカ・ヒンツ

著者: ジェシカ・ヒンツ
連絡先: boxingboy898337@gmail.com

コンテンツ

スクーターとの出会い

シエラ:

落ち着きがなくなってきました。パトカーは動く刑務所のようで、居眠りしそうになった。その日は警察での2週間のインターンシップの最終日でしたが、少し憂鬱な気持ちを禁じえませんでした。もうすぐ、私は両親と2人の弟のいる家に戻る予定です。私も家でいつも騒いでいた18歳の兄のことが忘れられませんでした。それにもかかわらず、離れるという考えを少し楽にしてくれた人が一人いました。それは私の親友のレイラです。その時、私は祖父母の家に滞在していました。私の叔父と叔母は 4 人の子供たちと一緒に近くに住んでいて、叔父は警察で働いていました。それが私がこのインターンシップに参加したきっかけです。

メインストリートを走りながら、私はまったく退屈しながら窓の外を見つめていました。家や街路や駅がぼやけて見えたような風景だった。同じ昔、同じ昔。しかし、突然、何かが私の注意を引きました。「買いますよ！」レニの声が単調さを打ち破ったので、私は驚いて顔を上げました。スクーターに乗っている人が道を猛スピードで走っていた。ついに、家だけではないものが登場しました！

私たちは急に曲がって駐車場に入り、スクーターのライダーに車を止めるよう合図した。「運転免許証と車の書類をお願いします！」レニは警察の厳しい声で叫びました。若い男は嘲笑し、その声は荒々しく態度に満ちていて、私の背筋に悪寒が走った。南部の訛りは濃かったが、彼の口調には私には理解できない何かがあった。彼がヘルメットを脱いだとき、私の息は喉に詰まった。彼に近づいたとき、一瞬、私は足でつまずきそうになった。

私はすぐに回復し、集中力を高めました。彼は信じられないほど魅力的で、真っ黒な髪、南国のルーツを思わせる肌、そして私の期待とは正反対の目をしていました。私が期待していた温かいチョコレートブラウンではなく、好奇心と驚きで輝いているような鋭いアイスブルーの瞳が私を迎えました。彼は17歳以上であるはずがありませんでしたが、彼の振る舞いは彼をはるかに成熟しているように見えました。身長約6フィートの彼の筋肉質な体格は、彼がいじるべき人物ではないことを明らかにしました。それなのに、彼は完璧な白い歯を見せて、生意気でほとんどいたずらっぽい笑顔で私に笑いかけていました。

彼の生意気な表情に合わせて、私も思わずニヤリと笑ってしまいました。私は彼のスクーターをちらりと見て、笑みをこらえるしかなかった。彼の乗り心地が大幅に変更されていることは明らかでした。私のいとこが最近、このようなスクーターが最大限に調整されたときにどのように見えるかを私に見せてくれました。私は彼のスクーターの側面をたたき、「素敵なスクーター」とつぶやきました。

彼は私に、明らかに「何も言わないでください」という表情を向けましたが、そのメッセージは見逃せないほど明白でした。私はそれに応じて眉を上げ、無言で彼に私に挑戦するよう大胆に言いました。彼の目は私とスクーターの間で移り、明らかに私が次に何をするか迷っていました。「彼に報告すべきだろうか？」という考えが頭をよぎりました。ルールに従ってプレーすべきでしょうか、それとも彼に休憩を与えるべきでしょうか？私の内なる議論は激化しましたが、最終的には、今日は私の「社交の日」であり、私が彼の楽しみを台無しにすることはしないと決心しました。

彼の視線は依然として熱く、私の決断を待っていた。私は彼にしばらく煮込んでから、最終的に首を振って、彼に温かい笑顔を見せました。安堵感が彼を襲い、肩から緊張が解けていくのが見えた。その瞬間に気づいたレニーは「大丈夫？」と声をかけた。

私は皮肉を込めた声を我慢できず、「はい、すべて正常です！」と答えました。レニーはそれを買ったようだが、私の隣の少年はまだ私を警戒して見つめており、おそらく私が彼を叩きのめそうとしているのではないかと思ったのだろう。

私はスクーターの周りを歩き回り、時間をかけて調べました。私はその少年の隣に立って、彼に聞こえるほど大声でこう言いました。だから、仲良く遊んでね。」彼は私に笑いかけ、その目には楽しそうな光が輝いていました。「私のスクーターに何か問題があることがどうしてわかるのですか？」

思わず優しく微笑んでしまいました。　「そうですね、私はこれまで、見ただけでそれだとわかるほどの改良されたスクーターを見てきたとだけ言っておきましょう。」彼の表情は変わり、私のような女の子がスクーターについてこれほど詳しいことに驚きと感銘を覚えた。

私はレニーのところに戻り、「大丈夫です！」と言いました。彼が何も疑わないことを祈ります。彼は私に軽くうなずいて少年の書類を返し、少年は書類をひったくった。彼の安堵の表情は明らかだった。私は笑いを抑えるのに必死でしたが、彼はまだ感謝の気持ちを込めた目で私を見ていました。

レニさんは少年に手を振り、停車することを謝罪し、車に戻った。私はそこに立っていたが、突然何を言えばいいのかわからなくなった。普段は言葉に詰まる事はなかったが、この少年の前に立つといつもと違う気分になった。彼は私に微笑みかけた。どんよりとした曇り空さえも明るくしてくれるような笑顔だった。彼は青い目を輝かせてこう言いました。「私を引き渡さなかったことに感謝します。それは私にとってとても意味のあることです。」

私は彼の誠実さに驚いて瞬きした。私は思わず口走ってしまった。「わあ、ありがとうの言い方を知っているイタリア人のマッチョな男だ。そんなことは予想もしなかったわ！」彼はくすくすと笑った、そして私には彼の目に楽しさが踊っているのが見えた。

「そうですね、私がただのイタリア人ではないからかもしれません」と彼は言い、彼の笑顔はより遊び心のあるものに変わりました。　「またお礼を言います。いつかまた会えることを願っています。」

そう言って彼はヘルメットをかぶり、スクーターに飛び乗り、最後にもう一度私に手を振りながら走り去った。私はしばらくそこに立っていましたが、あたかも彼の存在が私の一日に痕跡を残したかのように、奇妙な温かさが私の中に広がっていくのを感じました。

パトカーまで歩いて戻り、私はその出会いにまだ少し放心状態のまま、助手席に滑り込みました。その少年が誰なのか全く分かりませんでしたが、どういうわけか私は彼の周りにいると安心感を覚えました。

それは見知らぬ人に対しては滅多に感じないことでした。この経験についてレイラに話すのが待ちきれませんでした。

レニーの声で私は現実に引き戻されました。「もう一駅停まったが、またしても何も面白いことはなかった」と彼はため息をつきながら言った。しかし、私は一人でニヤニヤせずにはいられませんでした。今日、私たちは間違いなく何かを見つけました。もちろん、レニーには分かりませんでしたが。

見知らぬ人の帰還

現在：
私は完全に唖然としました。二度と彼に会えるとは思っていなかったが、彼はクラスの目の前に立ち、退屈そうな表情であたりを見回している。衝撃が私を襲い、一瞬信じられませんでした。初めて会った時のことは、1年半近く経った今でも昨日のことのように思い出します。当時、私は彼にもう一度会いたいと切に思っていましたが、私と親友のレイラがそれを実現するための完璧な計画を立てていたにもかかわらず、それは実現しませんでした。

レイラは、私が引っ越すずっと前から、いつも私の親友でした。実は私達は私のいとこを通じて知り合ったんです。彼女は彼と付き合って2か月が経ちましたが、二人の間ではうまくいきませんでした。その瞬間から、レイラと私は切り離せない存在になりました。私たちはソウルメイトのようなもので、たとえ言葉を言わなくても、お互いがどのように感じているかを常に正確に知っていました。今でも、私の顔に衝撃を与えた彼女の視線が私に向けられているのを感じました。彼女の疑問の表情が私の顔に伝わってきました。私は目を大きく見開いたまま彼女をちらっと見たが、彼女は私が何を考えているかすぐに察した。クラスの前に立っていたその少年は、私が初めて会ったときからとてももう一度会いたいと思っていた少年でした。

私は彼の変化を理解しようとしながら、注意深く観察しました。彼は違っていましたが、多くの点で同じでした。彼の黒い髪は私が覚えているのと同じようにまだ美しかったが、今ではそれはクールで反抗的な方法で彼の額に乱暴に垂れ下がっていた。それはまるでルールを気にしない人、限界で成功する人のものであるかのように、楽に見えました。しかし、どこか重荷を背負っているような、遠くに見えるようなものもあった。

彼の目は、最初から私を魅了したのと同じ、鋭いアイスブルーでした。しかし今、彼らにはそれ以上の何か、より暗い何かがありました。かつては活気に満ちていた彼の顔は、今ではほとんどうつろで、あらゆる感情を抑制しているように見えました。それでも、彼の目には、痛み、苦しみ、怒りの痕跡がかすかに見えました。彼の変化は否定できませんでした。かつて彼は幸福と喜びを放っていましたが、今私が感じたのは深くて重い悲しみだけでした。

彼に何が起こったのでしょうか？このような劇的な変化を引き起こした原因は何でしょうか？何か記念碑的なことが彼らを揺るがさない限り、人々はそのように変化することはありません。彼はいつも強かったが、今ではさらに筋肉質に見えた——それが可能であればだが。石を削り出したかのような体と、その顔は……まあ、アドニスも羨ましがるような顔だった。それは否定できませんでした。彼は今、危険な状態にありました。彼の周囲のオーラはほとんど脅威的で、もし彼が戦わなければならなかった場合、問答無用で彼が勝つだろうと思わずにはいられませんでした。

私は彼を見つめて、目を離すことができませんでした。彼の表情は読めず、硬く、ほとんど傲慢だった。今の彼には優越感があり、彼が多くのことを経験して、肩に傷を負って反対側から出てきたことを示唆する見下した雰囲気がありました。時にはそれはほとんど恐怖に近いものでした。

レイラは私を強く突いて、私があまりにも長い間彼を見つめていたことを思い出させました。私は少し恥ずかしさを感じながら意識を抜け出し、すぐに視線を正面に戻しました。私たちの先生のウォルター先生は少年に自己紹介をするよう呼びかけました。彼はさりげなくうなずき、いつもと同じいたずらっぽい笑みを唇の端で浮かべた。それは彼が何かを企んでいる、何か危険なことを示唆しているような笑顔だったので、私は一瞬、彼を最後に見た時からどれだけ彼が変わってしまったのか疑問に思わずにはいられませんでした。

挑戦の学校

ルイ：

いったい私はどこにいるのでしょうか？父は私が学校に戻ることを本当に望んでいたのに、ここが？真剣に？彼はいつも善意を持っていますが、この学校は私にとって実質的に役に立ちません。ここには、本当の利益になりそうなものはほとんど何もありませんが、おそらく、おそらく、私はおそらく、数人の女の子をナンパして楽しむことができるかもしれないことを除いて。それは後で考えることだが、今のところは、私を見つめている大勢の人たちに自己紹介をするべきだろう。さて、この場所を少し振ってみましょう。

「本当に言うことはあまりないんです」とクラス全員の視線を感じながら私は話し始めた。　「私はルイです。18歳になったばかりですが、父は私が学校に戻るのが良いことだと考えています。それで私はここにいます。ここにいないときは麻薬の取引に時間を費やし、残りの時間は友達や自分がやっていることでいっぱいです。それに、まあ、私は今でも女性といるのがとても楽しいです...でも、特に好き嫌いはありません。」

私はクラス全員に悪魔のような笑みを浮かべ、それからウォルター先生に注意を向けて彼女の様子を確認しました。実際、彼女はそれほど悪くはありませんでした。彼女は29歳くらいだったと思うが、服装のせいでかなり老けて見えた。彼女の体はまあまあでしたが、私はむしろ私と同じ年齢に近い女の子の方が好きです。ウォルターさんは咳払いをしてクラスの主導権を取り戻そうとし、何か質問はないか尋ねました。十数人の女の子がすぐに手を上げました。それが気に入りました。

私はクラス全体をざっと見て、最初に見た女の子と目を合わせました。「ガールフレンドはいますか？」私はいたずらっぽい笑みを浮かべながら尋ねた。

「いいえ、今はそうではありません。しかし、私は楽しむことにオープンです。適切な人が現れたら、たぶん落ち着くでしょう。でも、私は真実の愛を信じていません。」

私が答える前に、後列からいくつかの冷笑的な発言が聞こえました。振り向くと、二人の女の子がクスクス笑っていて、明らかに私をからかっているのが見えました。そのうちの 1 人は見覚えがあるように思えましたが、彼女の場所がよくわかりませんでした。彼女は顔を上げ、いたずらな笑みを浮かべて私の視線を捉えました。すると、彼女は手を挙げました。私は眉を上げた。

「いや、ごめんなさい、でも質問するにはちょっと個人的すぎるんです」と私は彼女を追い払うふりをして言いました。

彼女は動じずに微笑んだ。「いいえ、大丈夫です。私が質問しますが、それが個人的すぎるかどうかはあなたが判断してください。」

彼女と友人が視線を交わすと、不敵な笑みを浮かべた少女が話しかけた。「イタリア人はいつからアイスブルーの目をしているのですか？」

その質問には不意を突かれましたが、それを露呈させるつもりはありませんでした。「どうやってそれを思いついたのですか？」私は興味をそそられたふりをして尋ねました。

彼らは再び視線を交わし、まるで私がその質問をするのを待っていたかのように笑いました。レイラ——それが彼女の名前だった——前かがみになって微笑んだ。「ところで、イタリア人はいつからアイスブルーの目をしているのですか？」

私は彼女がそのようなことを言うだろうと予想していたので、にっこり笑って言い返しました。「茶色のコンタクトレンズをしていれば、少なくとも自分の国籍の一部を否定できるでしょう。」

レイラはまったく驚いていないようで、まるで私が何を言おうとしているか分かっていたようでした。後列から「どこから来たの？」という声が聞こえた。

私は彼らに傲慢な笑みを浮かべた。　「レイラが言ったように、私は主にイタリアのルーツを持っていますが、アメリカとフィンランドの血も少し入っています。」

レイラは顎を外した。もう一人の女の子は笑いすぎてほとんど涙を流していた。すると、私がまだ部屋にいるのをすっかり忘れていたウォルターさんが咳払いをしてこう言いました。「今の質問はこれで十分です。お互いを知るために十分な時間があります。でも、私のクラスではそうではありません。ティファニーの隣に座ってもいいよ。」

ティファニーは私の隣に座っていた女の子でした。
見た目は典型的な美少女だったが、私はすでにこ
の地獄のような学校を最大限に活用することに決め
ていた。

私はティファニーの隣に席に座り、レイラの隣に座っ
ていた女の子の隣に座っていることに気づきました。
レイラは幽霊でも見たかのように私を見つめ、今起
こったことをまだ理解していませんでした。彼女の友
人は、彼女もまたゴージャスでしたが、笑いをこらえ
きれず、椅子から落ちそうになりました。

それから、物事がそれほど複雑ではなかったかのよ
うに、ドアが開き、別のハンサムな男性が入ってきま
した。どうやら、私の隣にいた2人の女の子は、レイラ
が友人に大声でシューッという声を聞いたので、落
ち着いたようです。彼からは一日の平安すら得られ
ない。次はバスに轢かれるの？」

私は新人のほうを振り向いたが、何が問題なのか理
解できなかった。大声で泣く姿はまるでモデルのよう
でした。私と同じように、女の子たちはおそらく彼に
夢中になるでしょう。彼は黒髪で、背が高く、筋肉質
で、アクセントと見た目から判断すると、おそらくイタ
リア人でもありました。しかし、彼が話したとき、私は
何か別のことに気づきました　-　彼の明るい灰色の
目。

彼は微笑んでこう言いました。「ついに、わかってく
れる人が現れました！」隣に座ってもいいですか？」

私はにっこり笑ってうなずいた。ウォルターさんは気
にしていないようで、おそらくメモか何かを取ってい
ました。その新人は後ろの方へ歩き、ティファニーに

何かささやきました。ティファニーは突然恐怖を感じた様子で別の席に移動しました。

「やあ、私はライアンです。ここにまたイタリア人がいるのは素晴らしいことだ！」彼は言いました。

私はニヤリと笑い返して、「ああ、この場所は少し面白くなったね」と言いました。

ライアンが座ると、私の隣でレイラのうめき声が聞こえました。ライアンは身をかがめて笑顔で私に挨拶した。「ねえ、シエラ、レイラ！」

もう一人の少女シエラも彼に挨拶を返したが、レイラは彼を絞め殺したいような視線を向けた。彼女の目は氷のように冷たく、嫌悪感を持った表情を私に向けた。しかし一方で、シエラは好奇の目で私を見つめており、私のサイズを測っているように感じました。

ライアンは後ろにもたれて私の方を向き、その目にはいたずらっぽい輝きが見られました。「では、イタリアのルーツ以外に何があるのですか？」

私は眉を上げた。「半分がイタリア人、4分の1がアメリカ人、そして4分の1がフィンランド人です。」

ライアンはニヤリと笑った。 "ニース。レイラがあなたに我慢できないのも不思議ではありません。」

私は混乱していました。 「待って、どういう意味ですか？」

ライアンはすべての答えを知っているかのように笑った。 「知らなかったの？レイラもフィンランド人とのハーフで、私たちのようなクズが自分と同じ国籍に属しているとは思っていません。」

目が大きくなりました。「レイラさんはフィンランド人とのハーフ？彼女はそうは見えないよ。」

ライアンは笑った。　「彼女はそれを上手に隠しています。でも信じてください、彼女はそれを自分の中に持っています。」

私はもう一度レイラを見つめた。彼女にはフィンランド人の血が入っているようには見えませんでしたが、やはり心を閉ざしていました。しかし、彼女の友人のシエラは別の話でした。彼女はよりオープンに見えましたが、まだ警戒しているようでした。ライアンは話し続けた。

「シエラも大変だよ。彼女は硬い殻を持っていますが、彼女には何かがあります。彼女は以前にも怪我をしたことがありますが、今はクールに振る舞うことに専念しています。しかし、何も試してはいけません。あなたは彼女に干渉したくないのです。」

どうしようもなかった。興味をそそられました。「彼女を私のものにしてやる。　2か月以内に彼女を寝かせるつもりです。」

ライアンは笑った。　"あなた？ああ、あなたは自分が何と対峙しているのか分かりません。私の友達はみんな挑戦して失敗しました。でも、それをやり遂げたら、きっと感動するよ。それをやらなかったら、私は何を得るのですか？」

私は少し考えました。　「負けた方が相手に新しいバイクを買わなければなりません。」

ライアンの笑みが大きくなった。「あなたは高みを目指しています。よし、賭けは始まった。」

私は自分がどのような混乱に陥ってしまったのか疑問に思い始めました。しかし、今は引き下がるつもりはなかった。これは楽しそうだった。

嵐の間

新旧の友人が私のすぐ隣に座っていたのは、とても素晴らしいことでした。夢ではないことを確認するために彼を見続けなければならないような、ほとんど非現実的な気分でした。しかし、それは素晴らしかったのですが、大きな問題がありました。ライアンは自分の隣に座ることに決めたが、それは実質的にレイラの隣にもいることを意味していた。そして、私は彼らの間に座って立ち往生しており、時限爆弾の真ん中にいるような気分になりました。レイラとライアンが常に緊張状態にあったことは、特にお互いの近くにいるときは、役に立ちませんでした。彼らはいつも一緒に授業を受けており、レイラはいつも彼からできるだけ離れたところに座っていました。一方、ライアンは、たとえ彼に我慢できなかったとしても、常に彼女と議論する方法を探していました。まるで彼らは衝突する運命にあったようだった。

しかし、何かがおかしいことはすでにわかっていました。レイラは内心イライラしていて、爆発しないように最善を尽くしていた。彼女の目はまるで短剣を撃っているようで、その瞬間にあえて彼女の前を横切ろうとする者は誰でも大変な目に遭うことになるだろうと私は知っていた。レイラが怒っているとき、彼女を止めることは何もできないことを知っていたので、私は彼女を一瞥しました。

レイラと私は、いとこの紹介で出会って以来、まるで姉妹のような関係でした。それは私たちが瞬時に築いた絆であり、それ以来、私たちは切り離すことのできない関係になりました。彼女は4歳のときに妹を亡くしており、それは彼女にとって重荷であったにもかかわらず、それを処理する機会がまったくありませんでした。彼女には弟がいましたが、2人の弟と大学生の兄に恵まれた私と比べると、レイラの家庭環境は少し違っていました。

さて、レイラと私にはたくさんのボーイフレンドがいると思うかもしれませんが、それは完全に間違っています。私のいとこはしばらくレイラと付き合っていましたが、うまくいかず、良い関係で別れました。私にとって、初めての彼氏は実はいとこの親友でした。しかしそれも長くは続かず、結局彼は引っ越してしまった。しばらくの間、レイラはライアンに感情を抱いているのではないかと思いました。それが彼女がいつも彼と口論している理由だったのですが、もう確信はありませんでした。彼女はライアンと友達になった人、特に相手がフィンランド人である人に対して特別な憎悪を抱いていました。そのサークルにいる人は誰でも自動的に彼女のヒットリストに載っていました。

しかし、もう何が起こっているのか私にもわかりませんでした。彼女はばかばかしいことでライアンと大口論になり、今回は彼女が間違っているかどうかさえわかりませんでした。休憩時間を知らせるベルが鳴り、私たちは食堂へ向かいました。

レイラは誰かに腹を立てたとき、マラソンランナーのようなスタミナを持っていました。今日、彼女は暴言を吐いて、ライアンがどれほど愚かであるか、そしてなぜ彼が彼女の隣に座って彼女に話しかける大胆さを持ったのかについて延々と話し続けました。私はただ彼女に笑いながらうなずき、彼女の気持ちを吐き出させました。彼女が自分の体からすべてを取り出すには時間がかかるだろうということはわかっていました。

私たちがカフェテリアに着いたとき、まだ準備が整っていませんでしたが、目の前に立っているおなじみのバカ2人に邪魔されました。レイラが誰かに腹を立てた場合、命を危険にさらさない限り、次の 24 時間はその人を避けるのが最善です。そして、そのうちの1人がライアンだったという事実は問題にはなりませんでした。

「私たちのことを言っているのですか？」ライアンは傲慢さが滲んだ声で尋ねた。私はレイラをカフェテリアから引きずり出すつもりで介入しようとしましたが、レイラはその気はありませんでした。彼女は彼らに対処する決意をしていました。

「はい、もちろんライアン、世界はあなたの愚かな小さなエゴを中心に回っています。愚かなコメントは窒息させて欲しいよ、この野郎！」レイラは怒りを晴らして声を上げた。そしてそれとともに、嵐は正式に始まり、もはやそれを止めることはできませんでした。

ライアンは明らかに驚いて、「どうして二人はいつも口論するの？」と尋ねた。

返事をする前に、私はすでに機嫌が悪くなっていました。私は彼にシューッと言いました、「あたかもそれがあなたの仕事であるかのように、そして一体なぜ私に話しかけるのですか？」

ライアンは明らかにイライラしていて、それを払いのけようとした。「うわー、落ち着いて！ちょっとした質問だったのですが！」

私は言い返しました、「落ち着いて？」レイラとライアンがいつものように喧嘩するのは今年で1回目？そうですね、それは良いアイデアですね。」

ミア・ベラの声が遮られ、柔らかなイタリア訛りで「友達のことで腹を立てるには人生は短すぎる」と語った。

最初はうれしく思いましたが、その後、そう感じた自分に腹が立ちました。なぜ私は彼の言葉にこれほど魅了されたのでしょうか？学校でスペイン語ではなくイタリア語を履修するべきだったかもしれない。

「私に何をすべきか言って、一体何をしていると思いますか？それに、『ミア・ベラ』のナンセンスは一体何なの？」私は完全にイライラして彼に向かって叫びました。

まさにそれを失いそうになったとき、怒りの叫び声が上がり、誰かが私を掴んで食堂から引きずり出しました。私は心の中でうめきました。素晴らしい、これについてレイラの暴言を一日中聞かなければなりませんでした。

カフェテリアを出ると、いとことその友人のルーカスに出会った。ルーカスはレイラに大きな恋をしていましたが、彼女は彼に興味がありませんでした。彼女は彼を素早く押して、まだ煙を吐きながら私たちのロッカーに逃げました。

いとこは憐れみの目で私を見て、「またライアン？」と尋ねました。

私は目を丸くして、明らかにうんざりしていました。レイラとライアンの間で絶えず口論が続いていることは誰もが知っていました。

彼は同情的にうなずき、「頑張ってね」と言い、私はレイラを追って出発しました。

その時点で、残りの一日は終わりのない緊張と議論に満ちた長い一日になり、おそらく私はそのすべての真ん中で立ち往生するだろうということを知っていました。

秘密を解明する

ルイ：

私はライアンをちらっと見た。ライアンはドヤ顔で
座って、まっすぐ前を見つめていた。彼とレイラの間
の緊張感に興味があったので、聞いてみることにし
ました。「なぜあなたとレイラはいつも喧嘩するので
すか？」状況を少しでも知りたいと思い、問い合わせ
てみました。シエラからは何も得られなかったので、
ライアンの方が積極的かもしれません。

ライアンは顔にドヤ顔のまま、何気なく肩をすくめ
た。「それが我々の間の状況だ。いつもそうだった
んだ」と彼は何気ない口調で言った。

私は納得できませんでした。「それ以上のことがある
はずです」私は彼の意見を聞きたくて押し切りまし
た。彼の答えははぐらかしていましたが、私は真相を
究明する決意をしていました。

ライアンは再び話す前に少しためらったようでした
が、その時出てきた言葉に私は驚きました。「そうで
すね、実は私たちは小学校の頃から親友だったん
です」と彼は、いたずらっぽい目を輝かせながら話し
始めた。「でも、一度全校生徒の前で彼女のことを
暴露してしまい、それ以来、彼女は私のことを嫌って
いました。今、彼女と議論するのは本当に面白いこと
だと思います。」

私は自分が聞いていることが信じられませんでした。
"親友？"私は信じられないという声を上げながら繰り

返した。その言葉は、二人の間にある敵意を調和させるのは不可能に思えた。「冗談ですか？彼女はあなたが死ぬのを見たいのではないかといつも感じていました！」私の心は高鳴り、ライアンが認めたばかりのことを理解しようとしていた。彼はどうして彼女と親友だったのに、あんなに残酷なことをしたのでしょうか？

ライアンは私の反応を面白がったようで、意地悪な笑みを浮かべながらも、私が心を打ち明けられる人物かどうか見極めようとして、しばらく私を観察しているようでもありました。彼は床を見下ろしましたが、その動作は奇妙に感じられました。彼のような人、典型的には自信家で生意気なイタリア人のための場所です。

「また今度教えてあげるよ」と彼は小声でつぶやき、すぐにいつものマッチョな態度に戻った。彼は笑顔を取り戻し、何気ない自信を持った雰囲気で私を見つめました。「とにかく、友達を紹介しましょう。」

まだ彼の言葉を処理しながら、私はうなずいたが、やり取り全体に少し混乱していた。彼とレイラの間に何が起こって、彼らの関係がこれほど有害になったのでしょうか？私はライアンを追って、彼の友人が集まっている近くのテーブルに行きました。私の心は疑問で渦巻いていました。この学校にはライアンと私を含めて他にイタリア人は6人しかいなかったようです。そのうちの4人は私たちの1学年下で、パコとアントニオと自己紹介した残りの2人は私たちの学年でした。

ライアンが友達に手を振りながら、私は自分の周りの複雑な人間関係にさらに当惑せずにはいられませんでした。ライアンとレイラ、シエラ、そしてこのすべての中での私自身の立場さえも、謎が積み重なり始めていました。いつか私が探していた答えが得られるでしょうか？それとも、私は彼らの生活の混乱に巻き込まれ続ける運命だったのでしょうか？

もつれた緊張

シエラ:

ロッカーでレイラに追いついたとき、彼女は床に座って遠くを見つめ、顔には憤りの表情を浮かべていました。私は何も言わずに彼女の隣に座り、彼女が考えをまとめるスペースを与えました。私たちの間の沈黙は予想していたよりも重かった。しかし、私は、ライアンとの絶え間ない口論だけではなく、もっと深い何かが彼女の心に重くのしかかっていることに気づきました。私たちがしばらく真剣に話す時間をとっていなかったことは明らかでした。

"どうしたの？"優しく、しかし心配そうな声で私は尋ねた。

レイラは私を見つめ、唇を丸めてかすかな笑みを浮かべた。「その通りです。ライアンだけではありません。彼には大騒ぎする価値はありません。」彼女の声には無視できない悲しみが含まれていました。「しかし、あなたも正しい、それだけではありません。」

私は片眉を上げて彼女が続けるのを待った。「分かった、それでは教えてください。何が起こっているのですか？」

彼女はため息をつき、イライラして肩を落とした。「それはライアンだけではありません」と彼女はささやき声を少し上回る程度の声で静かに言った。「両親は私たちの毎日の口論を聞いていて、校長に相談す

るか、最悪の場合は私を寄宿学校に行かせたいと
考えています。でも、それは最悪のことでさえありま
せん。私の弟は学校で毎日いじめられています。」
学校にもいるし、お父さんもお母さんも全く気にして
いないようです。」彼女はまるでその重みが耐えられ
なくなったかのように目をそらした。

私はショックを受けて彼女を見つめた。寄宿学校？
レイラ？私が彼女を最も必要としていた今ではなく、
彼女が追い出されるなんて想像もできませんでし
た。彼女がそばにいない状態で最高学年を迎えるこ
とを考えると、耐えられない未来のように感じました。

「待って」私は声を震わせながら、ようやく声を上げ
た。　「レイラ、彼らはあなたを寄宿学校に送ることは
できません。あなたは行くことはできません。」

彼女は弱々しく微笑んだ。「わかっています。私も同
じように感じています。でも、私に発言権があるわけ
ではありません。」

胸の中で心臓が高鳴っているのを感じましたが、私
はそれをため息でごまかし、彼女に続けるよう促しま
した。

「分かった、私のことは話したわ」とレイラは目を細め
て話題を変えた。「次はあなたの番です。どうしたの
ですか？」

私は一瞬ためらいました。自分自身の闘いの重み
が、いつもより突然重くなったように感じました。「両
親は私の成績についていつも気にしてくれていま
す」と私は言い始めたが、両親を止める前に言葉が
こぼれ落ちた。「彼らはいつも私を兄と比べます。彼

は完璧で、いつも何事にもきちんと取り組んでいました。彼らは私が怠け者で、すぐに気が散り、努力が足りないと思っています。それで兄は？ 彼は役に立ちません。私をサポートする代わりに、彼は私をいじめるだけで、すべてが悪化することがあります。彼が遠くの大学に行って、私を放っておいてほしいと思うことがあります。」

長い沈黙があり、私たちの間で自分の言葉が空中に漂っているのが感じられました。これまで誰に対してもこのように心を開いたことはありませんでしたが、レイラの場合はそれが正しいと感じました。本当に理解していたのは彼女だけだった。

突然ベルが鳴ったので、私は衝撃を受けて思考を失いました。私たちは二人ともうめき声を上げ、もう授業に向かう時間だと悟った。その日はまだ始まったばかりで、すでにその影響が私たちに降りかかっているように感じられました。

レイラはため息をつきながら立ち上がり、ジーンズで手を拭きました。　「クソ」と彼女は小声でつぶやいた。私は思わず笑ってしまいました。たとえ物事が暗いように見えても、彼女の率直な態度はいつも私を笑顔にしてくれました。

私たちはすぐに次の授業「歴史」に進みました。私たち二人ともこの主題が何よりも嫌いでした。それは、涙が出るほど退屈だったからというだけではありません。それはまた、先生たちが私たちのことをあまり気にかけていないように感じていたからでもありました。今日、私とこのクラスとの関係が悪くなりそうな予感がしました。

中に入ると、先生のミッターマイヤー先生が出迎え
てくれました。先生は、遅刻した私たちの対応に時
間を無駄にすることなく対応してくれました。「すで
にボランティアが集まっています」と彼は厳しい表情
で宣言した。「あなた方は遅刻してきたし、この二人
の紳士はライアンと私が見覚えのないもう一人の男
を指差して、私の授業を妨害するのに十分な行為を
していた。あなた方は共同プレゼンテーションをする
ことになっており、私はあなた方にその内容を知らせ
るつもりだ」すぐに話題を。」

レイラの顎が外れ、私は自分のお腹がねじれるのを
感じました。この日はこれ以上悪くなることはありませ
んね？

"いいえ！"レイラは信じられないという声を上げた。
私は彼女の考えに恐ろしい金切り声で応えました。
ライアンと一緒にプレゼンしますか？授業中に彼と
一緒に時間を過ごさなければならなかったのに、今
度は一緒に働かなければならなくなったのですか？
私はすでに緊張が高まっているのを感じていました
が、それから何も良いことが起こらないことはわかっ
ていました。

私は周囲を見回して、状況を処理しようとしました。
一方で、レイラと私が一緒に仕事をするのは良かっ
たのですが、それはライアンと対処しなければならな
いという事実を補うものではありませんでした。二人
が互いに5フィート以内に近づくたびに、空気は敵意
でパチパチと割れた。さらに悪いことに、私は今、
「新しくて古い男」、つまりイライラすると同時に迷惑
なほど魅力的な男とパートナーを組むことになった
のです。彼の正体は分かりませんでしたが、このプロ

ジェクトは頭の痛い問題になるだろうということは確信していました。

もう終わらせるしかないのですが、気持ちは引き裂かれました。プレゼンテーション中にレイラと私が激しい口論になった場合、彼女の両親の疑惑が裏付けられ、彼女は追い出される可能性があります。私にとって、これで失敗することは、私の学業成績に関してすでにくすぶっている両親の不満に油を注ぐだけです。私たち二人とも、物事がうまくいかないことを許すわけにはいきませんでした。

レイラを見ると、彼は不安そうな表情を浮かべていた。彼女のいつもの虚勢は、はるかに暗いものへと消えていった。私たちは今何をすべきだったのでしょうか？

ミッターマイヤー氏の声が私の思考を中断し、私を現実に引き戻した。「君たちもようやく座って、私の授業を妨害するのをやめてくれたら、始めてもいいよ。」彼は、私たちがその取り決めに明らかに興奮していないことを気にしていないようでした。

レイラはいつもの反抗的な態度で、「ああ、確かに」とつぶやいて椅子に腰を下ろし、その声には皮肉が滲んでいた。私は彼女の隣に座り、二人とも無関心を装おうとしましたが、心の中ではこれから起こることに恐怖を感じていました。

私たちが席に着いたとき、最高学年のこの第 2 週がどのように展開しているのか信じられませんでした。これに値するほど私が何をしたというのでしょうか？今年は私たちにとって誇りを持って振り返ることができる最後の年になるはずでしたが、その代わりにすべてが崩れ去ったように感じました。

ありそうもない同盟

ルイ：

ああ、この男は本当に、すべてを世界の終わりのように見せる才能を持っていました。レッスンは始まったばかりで、すでに大きなプレゼンテーションについて知らされていました。まず、クラスの誰がボランティアをしてくれるか尋ねたところ、当然のことながら、十数人の女子生徒が熱心に登録してくれました。私たちが最もホットで最も知的な人たちを選ぼうとしたそのとき、どこからともなくドアが勢いよく開き、レイラとシエラが押し寄せてきました。そうですね、ミッターマイヤー氏は劇的な盛り上がりで二人を指さしたので、ひらめいたようでした。彼らの反応はまさにコメディ映画のようでした。レイラは信じられないというように口をあんぐりと開け、シエラは「違う！」と甲高く、まるで甘美な声を上げた。しかし、彼女の言葉の裏には本当の力はありませんでした。二人とも、まるで人生を変えるようなひどい知らせを受けたかのように、ショックと恐怖で目を大きく見開き、今にも気を失いそうな表情をしていた。

心の中では、彼らが心の中で遺書を書いているのが聞こえてきそうです。正直に言うと、私は 2 人と一緒にプレゼンテーションを強制されることに興奮していませんでしたが、それは私にとって有利に働きました。結局のところ、私はその賭けについて考えなければなりませんでした。私はライアンをちらりと見ました、そして彼の顔の表情を見て、彼が私が考えていることを正確に理解していることがわかりました。彼は私にドヤ顔の笑みを浮かべた。それは、誰かにそれを持っていると思ったときにいつも見せるようなものだった。

その間、ミッターマイヤー氏は何も気づかず、冷静に女の子たちに席に着くように指示し、非現実的な瞬間に、レイラとシエラは二人とも呆然として沈黙したまま机に向かった。シエラが私を一瞥すると、私は彼女の視線を微妙な、陰謀的な表情で見つめました。なんてこった。ちょっとした賭けのためだけに、2か月後にライアンにバイクを買うつもりはなかった。プレゼンテーションが適切に処理されれば、私は問題を解決できるかもしれません。ライアンとレイラがお互いを引き裂き始めない限り、それは。二人は問題を解決するか殺し合うまで、一緒に部屋に閉じ込められなければならない。

授業は恐ろしく遅いペースで進みました。誓いますが、最終的にもっと面白いことに移るまで、少なくとも3回は退屈で死ぬかと思いました。永遠のように感じられた時間が過ぎた後、私たちは前に出てプレゼンテーションのテーマを選ぶように言われました。「ギリシャ神話のすべて」。本当に？なんてつまらない話題だったのでしょうか？私は、まるで自分たちの命がかかっているかのようにメモを書きとめている少女たちをちらっと見た。その間、私は自分の頭脳と記憶力に頼ってやり遂げていました。メモを取る必要はありませんでした。これをカバーしてもらいました。

レイラとシエラは、まるで処刑されると言われたばかりのような表情を浮かべながら、授業が終わるとすぐに立ち去ろうとした。しかし、ライアンと私は別の計画を持っていたので、このすべてを終わらせるために3時に図書館に集まることに決めました。私がシエラの腕を掴むと、彼女は即座に体を動かし、驚きと苛立ちで目を輝かせた。「何がしたいの？今すぐ私の腕を放して！」まるで私が彼女を罠に引きずり込んだか

のように、彼女はシューッという音を立てた。私は気
怠そうに笑いながら言いました、「まず第一に、静か
にして聞いてください、そして第二に、3時に図書館
で会いましょう。そして第三に、議論しないでくださ
い。」

彼女が抗議する前に、ライアンと私は背を向けて立
ち去り、二人の少女はイライラを煮詰めたままにしま
した。これが簡単ではないことは分かっていました
が、これは必要悪でした。

もつれた道

シエラ:

まあ、それは私がしなくても簡単に済んだかもしれない発表の1つでした。状況全体に私はイライラしましたが、それに従う以外に選択肢はないようでした。私の隣に座っているレイラさんは、プロのアイローラーに匹敵するような方法で目を丸くしました。彼女は目に見えてイライラしていて、不満を抱えているのは明らかでしたが、それがすべて吐き出されるまでに長くはかからないことは分かっていました。私たちは最後の数時間の授業を押し進め、最終的に図書館に着くまで時間を秒読みしました。　3時の鐘が鳴るまでに、私はもうこれを終わらせる準備ができていました。

少しでも気分を明るくしようと決意し、イライラを和らげてくれるかもしれないと期待して、甘草を一口かじってみようかと思いました。ただし、あまり効果はありませんでした。レイラさんはいつものように怒りを抑えようとしていたが、正直に言おう。キレないように彼女に頼るのは、火山が噴火しないことを願うようなものだった。私たちは図書館の後ろのソファーに席を見つけて待ちました。

そして待った。

30分が経ち、あまりの焦りで爆発しそうになったとき、ようやく彼らが到着した。もちろん、彼らの盛大な入場は大惨事以外の何物でもありませんでした。「遅くなってごめんなさい、人生の道に迷ってしまいました！」ライアンの声が大きくなり、ルイは彼の隣でにやにやと笑った。まるでクラスのピエロになって遊んでいるみたいで、私はもう限界でした。自分の中に湧き上がる怒りを抑えようとしているうちに、私の気分は急速に悪化していきました。しかし驚いたことに、レイラは不安を感じるほどに冷静だった。

「分かった、少なくともあなたは今ここにいるよ。それでは始めましょう」と彼女は奇妙に抑制された口調で言った。私は信じられないという気持ちで瞬きしました—レイラは実際になんとか平静を保っていたのでしょうか？それは超能力か何かのようでした。ライアンも口を開けて驚いたようだった。しかし、もちろん、それは長くは続きませんでした。彼はすぐに落ち着きを取り戻し、「分かった、バランスのとれたレイラ、ギリシャ神話について何を知っていますか？」と言い返しました。

レイラの返事はすぐに来て、私はひるみました。「少なくともあなたよりはね、バカ。」

いや、それは事態を静めるのに決して役立つわけではありません。どちらかというと、ガソリンが充満した部屋でマッチに火をつけるようなものでした。地面に落ちる前から火花が散るのが見えましたが、私が何も言う前に、レイラはすでに熱くなっていました。急いで介入しなければなりませんでした。

「ほうほう、落ち着いて」私は手を上げて和解のしぐさをしながら急いで言った。「もしかしたら、ここの新参者がそれについて知っていることを教えてくれるかもしれません。」

ライアンは私の提案に興味を示さなかったようで、すぐに後ずさりしました。「まずはそれに関する本を何冊か探して、それから少し読んでみませんか？」

実際、私はそのアイデアが気に入りました。それは皆の熱気を和らげ、実際に何かを成し遂げるための素晴らしい方法でした。「わかった、二人ともここにいてね」私はレイラの腕を掴んでソファから引き上げながら言いました。「それでは、本を取りに行きましょう。」

小さな勝利のように感じましたが、私は自分自身をだましていませんでした。私たちはまだ瀬戸際に立たされており、事態を再び始めるのにそれほど時間はかかりませんでした。諦めと決意が入り混じった気持ちで、私たちは必要なものを探すために図書館の本棚へ向かいました。認めたくなかったが、このプレゼンテーションは私の心配の種ではなかったことが判明した。

暗黙の後悔

ルイ：

私は今度はもう少し真剣にライアンに向き直りました。「分かった、本当のことを言ってよ——なぜあなたはレイラをそうやって貶め続けるの？」彼が一瞬躊躇し、不快そうに目をちらつかせているのが見えた。「彼女はいつもそれを始めます！」彼は質問をそらそうと、撃ち返した。

買わなかったんだ。「今日は違います。今日はあなたが物事を始めたのです。彼女は攻撃的なことは何も言いませんでしたし、あなたを挑発しようとしたりもしていませんでした。彼女は平気でした。でも、あなたは——何の理由もなく彼女を最初にけなすのです。彼女が話すたびに、あなたはすでに守りに入っています、何が起こっているのですか、本当の問題は何ですか？

彼にとってそれを認めるのは簡単ではなかったのはわかりましたが、最終的には彼はほとんど敗北したように深くため息をつきました。長い沈黙の後、彼は私を真剣に見つめた。「わかった、でもこのことを誰かに話したら、絶対に後悔させてやる」と彼は、いつになく緊張した口調で警告した。私はただうなずいて、これが彼にとってどれほど難しいことなのかを感じました。「何も言いません。言ってください。」

ライアンはしばらく考えをまとめたように見えたが、その後、驚くほど無防備な言葉が出てきた。「すべては2年前に始まりました。私は16歳で、レイラは15歳でした。当時、彼女はそれほど人気のある女の子ではなく、少しぽっちゃりしていました。私の場合は、まあ、いわゆる「エリート」の一員でした私はいつも一流だったわ、知ってる？　　そしてレイラと私は親友だったのに、彼女は私に対して感情を持ち始めた。でも、私がすべき方法ではありません私たちが友達以上の関係であると人々に知られたら、私の評判がどうなるかが怖かったのです。つまり、私はあらゆる種類の女の子と付き合っていることで知られており、彼女とデートしたらそれが台無しになるだろうということでした。それで、夏のある日の放課後、私たちはちょうど休暇の計画について話していました。校庭は人でいっぱいで、私が彼女と話していることさえ大ごとでした。彼女と一緒に外に立つことは言うまでもなく、みんなの前で。

そう、彼女は私にお別れのキスをしたかったのです。そして何も考えずに、私は彼女を突き飛ばしました。私は庭全体に向かって叫びました、「私から離れてください！」まるで私があなたにキスしたいと思うかのように——あなたほど太った人に誰がキスしたいと思うでしょうか？」言葉が空中に漂う中、ライアンの声は震えたが、当時から彼が言った言葉の重みが私にはわかった。「私も含めてみんな笑った。そしてレイラ、彼女はただ…泣きながら逃げていったのです。今まで彼女のそんな姿を見たことはありませんでした。そしてその瞬間以来、彼女は私を嫌っていましたが、私は彼女を責めません。私はすべてを台無しにしてしまいました。」

私はショックを受けました。笑いたかったけど面白くなかった。私は彼に嫌悪感を抱き、そして奇妙なことに同情した。「わあ。なんてショックなことでしょう。彼女があなたを嫌っているのも不思議ではありません」と私は首を振りながら言いました。「あなたは本当にめちゃくちゃでしたね。それは彼女の内面を打ち砕いたに違いありません。そして最悪なのは、あなたがこれまでに持っていた最高のものをおそらく台無しにしてしまったことです。さあ、彼女を見てください。彼女は本当に素晴らしいです、そして皮肉なことに、彼女は今では一部です」あなたと同じエリートグループの一員です。」

ライアンはほとんど力なく私を見つめていましたが、彼の心の一部がすべてを後悔しているのがわかりました。彼は、初めての本当の愛を失ったことに気づいたばかりの子供のように見えました。彼の目は一瞬和んだが、すぐにいつもの傲慢さで自分の感情を覆い隠した。彼の顔には独りよがりな笑いが戻ったが、彼の強がりは目に傷を隠すのに十分ではないことは明らかだった。

今ならそれが見えます、それが真実です。　「あなたは今でも彼女を愛していますよね？」私が尋ねると、一瞬の間、彼は何も言いませんでした。しかしその後、彼は乾いた笑い声を上げましたが、誰も、特に私を説得することはできませんでした。今なら言えます。彼の表情が、人生最愛の人を失ったかのように、打ちのめされた様子で、すべてを物語っていました。しかし、いつものように、マスクはすぐに元に戻りました。表情は消え、何事もなかったかのようにいつもの生意気な笑みを浮かべて周囲を見回した。

ちょうどそのとき、女の子二人が部屋に入ってきた。驚いたことに、レイラは完全に打ちのめされたようで、まるで泣いているかのように目を赤くしていました。一方、シエラはイライラで顔を歪めて睨んでいた。それは私をさらに混乱させましたが、彼らの間に何が起こったのか知りたいかどうかはわかりませんでした。それでも、全員の間の緊張がさらに濃くなっているのは明らかで、空気は暗黙の言葉で満ちているように感じられた。

私は再びライアンを見つめ、目の前で何が起こっているのか理解しているのかと思いました。彼は少しの間私と目を合わせましたが、彼の表情は今では読めず、以前の彼の弱さは彼のいつもの無関心によって完全に隠されていました。

語られない傷

シエラ:

私たちはギリシャ神話に関する本でいっぱいの本棚に行きました、そして私はレイラに尋ねずにはいられませんでした。「分かった、あなたがライアンとうまくいかないのはわかるけど、その理由を一度も教えてくれなかったわね。正直に言うと、私は彼があなたのことが好きだという気持ちをずっと持っていました。あなたがまだ彼に気づいていなくても、彼はすでにあなたに気づいているたびに、彼はまるで…恋をしているかのようにあなたを見つめます。それで、実際に何が起こっているのですか？

彼女が倒れたのはその時だった。私は怒りを爆発させたり、彼女が私に黙って治療したりすることに備えて身構えていましたが、まさか彼女が泣き始めるとは予想していませんでした。まるで注意深く築き上げた壁が突然崩れ去ったかのようだった。(英雄は皆、時々泣く。弱いからではなく、ずっと強かったから…)

レイラはいつもそれをまとめてくれて、強さだけを見せてくれました。何事にも困っていないような子だったので、こんな壊れ方をしているのを見て完全に油断してしまいました。私はすぐに彼女の隣にひざまずき、そっと彼女の背中に手を置きました。「ねえ、何が起こっているの？私は何か間違ったことを言いましたか？話してよ、レイラ。」

彼女は静かにすすり泣いていたが、ゆっくりと立ち直り始めているように見えた。しばらくして、彼女はついに話し始めた。その声はささやき声をわずかに上回

る程度だった。「わかった、こんなこと言ったことない
よ。あなたがここに引っ越してくる前のことです。私は
15歳、ライアンは16歳でした。私たちは本当に仲が
良く、親友でした。しかしその後…私は彼に恋をし始
めました。正直、彼も同じように感じているのではな
いかと思いました。でも、私は太っていて、モテませ
んでした、そして彼は…そうですね、彼はそれとは正
反対でした。誰もが彼のことを知っており、彼の人気
は高まりました。ある夏の午後、授業が終わった後、
私たちは二人だけで話をしていました。私が彼をど
れだけ気にかけているかを彼に示したかったので
す。キスをすれば分かってくれるかもしれない、と思
いました。しかし、それは私が今まで犯した最大の間
違いでした。」

彼女は息を震わせながら立ち止まり、彼女の目に痛
みが戻ってくるのが見えた。　「私は彼にキスしようと
身をかがめたのですが、彼はただ私を押しのけまし
た。彼は「ああ、まるでキスしてしまいそうなほどだ」と
叫びました。男の子なら誰でも、あなたと同じくらい
太った人にキスするだろうね。』人生でこれほど屈辱
を感じたことはないと思います。誰もが彼の話を聞い
て笑いました。私が泣きながら校庭から逃げ出す
間、彼も笑いました。彼は後に謝罪したが、何よりも
自分の評判を維持することを心配していたと語っ
た。彼は私よりも自分の地位を選んだのです。」

私は彼女の言葉の重みが染み込んでいくのを感じ
ました。彼女が続けたとき、私の心は痛みました。
「その後、私は彼の電話番号を削除し、どこでも彼を
ブロックしました。私は彼とはもう終わったと自分に言
いました。でも、彼に私のことを忘れられたくないの
で、トレーニングを始めました。私はいつも夢見てい
た体を手に入れるためだけに、ほとんど何も食べま

せんでした。私は一生懸命働き、見た目が良くなり始めたとき、彼が私を傷つけたのと同じように、私も彼を傷つけてしまうかもしれないと思いました。しかし、彼に見せようとするたびに、うまくいきませんでした。私がどれだけ変わったか、どれだけ頑張ったかは関係ありませんでした。私は彼にとって決して十分ではありませんでした。

しかし、私を最も破壊するのは、私がまだ彼を愛しているということです。すべてにもかかわらず、彼がどれほど私を傷つけたとしても、私はまだ彼を愛しています。しかし、私は二度と彼のことを好きになることは決してありませんでした。二度とあんなことを経験することはできませんでした。彼に二度も私を壊すわけにはいかない。」

彼女の言葉は、まるで大量のレンガのように私に衝撃を与えました。私は彼女がどれほどの苦しみを抱えてきたのか全く知りませんでしたし、その深さを想像することさえできませんでした。一瞬、ただ呆然としてしまいました。私はショックで口を開けたまま、固まってそこに立っていました。

レイラはその悲しい目で私を見つめていました、そして突然、私は彼女のために強くなる番だと感じました。私は彼女の横にしゃがんで、彼女の頬についた涙をそっとぬぐいました。　「レイラ、あの男には時間をかける価値はまったくありません。あなたはありのままで素晴らしいのです。そして、あなたは何を知っていますか？目の前にあるものはすべて揃っています。だから涙を拭いて、胸を張ってね？」

彼女は軽くうなずきましたが、まだ苦労しているのがわかりました。もし彼女が今ライアンと対峙しなければならなかったとしたら、おそらくまた壊れてしまうであろうことは分かっていた。そこで、私はすぐに彼女をこの問題から助けるための計画を思いつきました。「やあ、アイデアがあるんだ。君はもう家に帰って、プレゼンテーションの最初の部分を私がみんなで担当するよ。それが終わったら、あなたのところに行って話をしましょう。次に何が起こるかはわかります。」

彼女の顔は少し明るくなり、かすかに微笑んだ。「本当に私にそんなことしてくれるの？あなたは誰にとっても求められる最高の友達です。」

私は彼女に安心させるような笑みを浮かべてこう言いました。さあ、本を買いに行きましょう。そうすれば、このプレゼンテーションを解決できるでしょう。」

レイラが立ち上がったので、私は彼女がギリシャ神話に関する本を集めるのを手伝いました。私たちはライアンとルイスが待っている場所に戻りましたが、ライアンはレイラが泣いているのを見るとすぐに表情が変わりました。彼は本当に心配そうに彼女を見つめた。一瞬、彼が謝るか、誰が彼女を傷つけたのか尋ねるのではないかと思いました。しかしその後、彼のいつもの嘲笑的な笑みが戻ってきて、もしかしたら彼が自分のしたことについて完全に無知ではなかったのかもしれないと私は気づきました。

それでも、今の彼の反応は何かが違っていました。もしかしたら、もしかしたら、彼は自分がずっと失ってきたものに気づいたのかもしれない。

沈黙の重荷

ルイ：

シエラは15冊ほど積まれた本を私の前に置き、「よし、これが本だ。レイラは体調が悪いので家に帰る」と言いました。レイラが本当にひどい顔をしているのを見て、私はうなずいた。「それでよければ私も帰ります。今日も本当に気分が良くありません」とライアンは言い、その声はほとんど申し訳なさそうに聞こえた。その言葉にレイラはひるむが何も言えなかった。シエラは明らかにイライラしながらも心配そうに、重いため息をついた。「それでは、ルイと私は今日から始めて、後で一緒に続けます」と彼女は言いました。ライアンは立ち上がると、何も言わずに図書室から出て行き、別れの挨拶もせずに出て行った。

レイラはシエラに歩み寄り、両腕をしっかりと抱きしめ、「さようなら」とささやき声を超えた声で言った。彼女のその言葉を聞いて、その瞬間に彼女がどれほど弱々しく見えたかが分かりました。今まで彼女のことを、すごく強くて折れない人というイメージしかなかったので、垣間見える弱さに不意を突かれました。

「わかった」とシエラは私に向き直り、「あなたのことは大嫌いだけど、私たちは協力しなければならないので、休戦を呼びかけます」と言いました。彼女の突然の口調の変化に私は眉を上げた。彼女は本当に友達のことを心配しているようでしたが、私はまだ何が起こっているのかすべてを理解しようとしていました。彼女の休戦の提案はあまりにも簡単で、急ぎすぎるように思えたが、私は反論しなかった。「わかりました、問題ありません」と私は答えましたが、まだ彼女のことを理解しようとしていました。彼女について何か懐かしい気がして、それが私を悩ませました。彼女をどこから知ったのかはわかりませんでしたが、彼女は私が認識すべき人物のように感じました。

彼女は私が彼女を見つめているのを見つけました、そして一瞬、私が何を考えているかを彼女が正確に知っているように感じました。彼女の視線の強さは混乱を増すばかりでしたが、私はすぐに目をそらして、目の前の仕事に集中することにしました。私は目の前にある最初の本を手に取り、ページ上の文字にはあまり注意を払わずに開いてみました。シエラも同じように気を取られた様子で本をめくっていた。

ついには黙っていられなくなりました。　「レイラに何が起こったのですか？彼女は完全に破壊されているように見えました」と、好奇心に負けて私は尋ねました。シエラはしばらく私を見つめ、その目はまるで私に真実を信じてよいかどうか決めているかのように計算高かった。「そうですね、こんなことを言うべきではありませんし、正直に言うと私はあなたを信用していませんが、それはあなたの新しい親友ライアンと関係があるのです。」

私はすぐにそのことに気づきました。シエラはライアンがレイラに与えた屈辱のことを知りませんでした。しかし、私は驚きませんでした。彼女はあまりにも蚊帳の外に見えた。私はゆっくりうなずき、状況を認識していることを彼女に伝えました。「ああ、分かった。ライアンが前に同じようなことを言っていたよ」と私は言い、状況をカジュアルに保つように努めた。しかし、シエラの反応は私を不意を突いた。

彼女の顔は怒りで歪み、その睨みで何かに火をつけようとしているように見えた。「待って、彼は何をしたのですか？実際にそれを自慢していたのですか？」彼女の声には怒りが混じっていたが、すぐにそれを抑えた。「レイラは私が知っている中で最高の人です。ライアンが彼女にしたことに対して、私はただライアンの顔を殴りたいだけです。」

私は少し身を乗り出し、無関心な表情をしていましたが、それから物事を明確にするために話しました。「このことは誰にも言わないと誓ったのですが、ライアンはそのことを自慢していました。彼はそれについて話すのをやめられませんでした。めちゃくちゃなことになっていますが、でも——」私は状況の重大さを感じながら、後ずさりしました。

シエラは信じられないというように目を丸くした。「そうではなかったのですか？」

私はゆっくりと首を振った。「いいえ、決してそうではありませんが、今はプレゼンテーションに集中すべきだと思います。今はそれがより重要なことです。」

それを言った瞬間、それがいかにばかげていることに気づきました。その瞬間、私がプレゼンテーションのことなど気にしていなかったが、特にシエラが私と同じようにプレゼンテーションに飽きているように見えたとき、それは話題を変える良い方法だった。私は本を再び手に取り、本を読むふりをしましたが、シエラの目が私の唇に移っているのがわかりました。女の子が男性の唇を見るとき、キスをしたらどんな感じになるか考えます。私が面白がって椅子にもたれかかると、いたずらっぽい笑みが私の顔に広がりました。

ゲームを始めましょう。

暗黙の願望

シエラ:

彼が目の前の本に集中しようと奮闘しているとき、私の視線が彼の唇に釘付けになっているのに気づきました。彼の唇はふっくらしていて、形も美しく、もし唇を私の唇に擦り付けてから、ゆっくりと私の首を滑らせたらどんな感じになるだろうと想像せずにはいられませんでした。そんなことを考えている最中に、魅惑的な唇を持つ少年が突然語りかけ、私の夢想を打ち破った。　　「私にキスすることを考えていますか？」彼は満面の笑みを浮かべて尋ねた。

私はその瞬間に捕らえられ、心臓が高鳴り、固まってしまいました。自分の考えを認めたくなかったので、声は少し裏切られましたが、クールに演じようとしました。　「いや、どうやってそんなこと思いついたんですか？」私は少し口ごもりながらも、まだ少し驚いた。

彼は笑みを落とさず、自分がいかに正しかったかをはっきりと認識していた。　「まあ、あなたは長い間私の唇を見つめていました。本当に良いキスをしたことがありませんか？本物がどんな感じか見てみたいですか？」

私は自分が聞いていることが信じられませんでした。もちろん、彼の言う通りでした。私は素晴らしいキスに近いものを経験したことがありませんでした。確かに、私はこれまでに誰かとキスしたことがありましたが、そのほとんどは忘れられ、中にはまったくぎこちないものもありました。しかし、私が彼にそれを伝える

ことはできませんでした。私は彼にそのような満足を
与えるつもりはありませんでした。「でも、以前にも食
べたことがあります。いや、食べたくありません」と私
はすぐに言い返しましたが、彼の笑顔から彼がそれ
を買っていないことがわかりました。

彼の笑みはますます広がり、自信が増してきました。
「まるで。でも、そのやり方を見せるのは構わないよ」
と彼は前のめりになって言った。私は体が硬直し、そ
の場で固まってしまうのを感じました。彼の顔は私の
顔からほんの数インチのところにあり、彼のアイスブ
ルーの目には強烈さが見えました。一瞬、そこに欲
望の光を見たような気がしましたが、それはすぐに消
えてしまいました。それでも、彼の頭は近くにあり、私
の唇に彼の温かい息が感じられ、彼の近くが私を取
り囲んでいたので、まともに考えるのが困難でした。

その瞬間、身を乗り出したい、キスしたいという誘惑
が圧倒的でした。しかし、私は自分自身にそれをさ
せることができませんでした。それは今ではなく、そ
れが彼の考えをすべて裏付けるようなときではありま
せん。私は彼にそのような満足を与えることができま
せんでした。そこで私は彼の胸に手を置き、指の下
の筋肉の力強さを感じながら、そっと彼を押し戻しま
した。

彼は少し離れて、まるで私のことをすでに理解して
いたかのように勝ち誇ったように笑いました。彼は欲
望を掻き立て、私の限界を試したかったのですが、
それを見事に実行してくれました。私たちは二人とも
静かに仕事に戻りましたが、私の心はドキドキし続け
ました。彼はまだ私が誰であるかを知っているのだろ
うか、以前の私のことを何か覚えているのだろうか、
と私は自分自身に疑問に思いました。彼が私を見た

とき、彼が何も分かっていないことがわかり、それが
私に心を開いてくれました。

「本当に私が誰なのか知っていますか？」私は好奇
心を声に隠しながら何気なく尋ねた。彼は私をち
らっと見たが、その目には困惑の表情が浮かんでい
た。「うーん、そうだね、あなたはシエラですね」と彼
は言ったが、その口調は完全に自信に満ちていた
わけではなかった。

私は眉を上げてさらに押しました。「はい、でも、私
はあなたのことを少し前から知っています。あなたが
この学校に来る前に私たちは会いました。」彼は眉
間にしわを寄せ、明らかに私たちの過去の出会いに
ついて何かを思い出そうとしていましたが、何もピン
と来ないようでした。彼は苦戦していたので、私は彼
にヒントを与えることにしました。「あなたのスクー
ターは何色ですか？」私は、それが彼の記憶を揺る
がすことになることを承知しながら、ふざけて笑いな
がら言った。

一瞬、彼は完全に迷ったように見えました。しかしそ
の後、認識のちらつきが彼の顔を横切り、続いて認
識の表情が現れました。"ああ、くそ！だからこそ、
あなたはとてもよく知られているように見えました！
私はあなたのことを知っていると知っていました！

私は我慢できず、ほとんど沈黙に近い小さな笑い声
を上げました。彼には十分な時間がかかった。「十
分に時間がかかりましたね」私はからかいながら、ま
た笑いました。

彼は首を振りながら笑いました。「ええ、ええ、遠慮
なく私をからかってください」と彼はまだニヤニヤしな

がら言った。「でもね、あの時あなたは私のお尻を救ってくれたのよ。笛を吹くのかと思ったが、そうしなかった。あなたは私を悪く見せることもできましたが、そうしませんでした。」

私はまだ笑っていましたが、彼に擬似的に口をとがらせました。「ああ、なんて甘いんだろう。感謝していますか？夢中にならないでください。まだつながりはあるよ。」

そこで私は床に倒れ込み、笑いすぎてお腹が痛くなりました。ルイもソファから滑り落ち、私の隣の床に座って笑いながら震えていた。「ああ、それはあなたが私をかわいいと思っているというヒントとして受け取ってもいいですか？」彼は楽しげな声で尋ねた。

私はにやにや笑いながら、まだ息を整えようとしていた。「そんなこと言ったことないよ」と私は答えましたが、私の顔に浮かんだ笑顔は私を裏切りました。

ルイは顔を近づけたまま、笑みが消えることはなかった。「それで生きていけるよ。しかし、あなたはとんでもなく優しいです、そして私は当時からそれを知っていました。警察の前でそれを言うことはできなかった」と彼は声を低くしてからかうようなささやき声に変えた。

気がつくと、彼の顔は再び私の顔から数インチに近づき、私たちの間の熱が高まっていくのを感じました。彼の唇が私の唇の真上に浮かんだので、私は初めて彼を押しのけませんでした。私はできませんでした。私のあらゆる部分が、距離を縮めようと、彼の唇を私の唇に感じさせようと叫びました。しかし、私はその瞬間の熱さと、それが何を意味するのかという恐怖との間に挟まれて固まっていました。彼は私の唇に唇を下げました、そして私には彼を許す以外に選択肢はありませんでした。

賭けとキス

ルイ:

ずっと想い続けていた女の子にキスをしました。私は彼女を忘れることができませんでした。私たちが初めて道を横切った瞬間から、彼女は私の心の中に埋め込まれたようでした。彼女のイメージが私の脳裏に焼き付けられ、それから逃れることはできなかったように感じました。私は彼女のことを考えながら毎日を始めました。どれだけその感情を押しのけようとしても、それを振り切ることはできませんでした。しかし、私はそれらを抑圧しなければならず、長い間、それらを心の奥底に埋めていました。さて、彼女は再び私の目の前に現れました。彼女にキスすることがどんな感じかを何度想像しただろうか。その考えは私の心の中にいつまでも残り、空想と欲望を煽りました。しかし、今でも、自分自身を感じすぎてはいけないとわかっていました。もし私が彼女に完全に恋に落ちて、自分の存在のあらゆる繊維ですべてを感じてしまったら、私は混乱の中へ真っ直ぐ歩いていくことになるでしょう。私が最も望んでいなかったのは、さらに複雑な事態に自分自身をさらすことでした。それだけの価値はありましたか?よく分かりませんでした。しかし、この瞬間、私はそれを他の人と共有することに耐えられませんでした。それは私のものでした。

最初はキスは暫定的なものだった。彼女がどう反応するか、どれだけ譲歩するか、どれだけ引き離すか、私にはわかりませんでした。しかし、彼女が反応し、彼女の体が私のものにリラックスしているのを感じたとき、私はさらに大胆になりました。私の唇はより急いで彼女の唇に向かって動き、彼女の手は、片方は私の背中に、もう片方は髪に添えられ、私にもっと奥まで進もうと促しました。私たちの間に激しさが高まっているのを感じたので、図書館でさらに盛り上がることができるのではないかと一瞬思いました。しかし、私はすぐにそれを抑えました。そのようにコントロールを失う可能性はありませんでした。ここではありません。今じゃない。

私はゆっくりと後ずさりして、しぶしぶキスをやめました。体は熱く、心臓はドキドキしていましたが、自分を落ち着かせる必要がありました。私は立ち上がって、息の急激な上がり下がりを隠そうとした。私が目を開けると、彼女の目がすでに私のものに固定されており、暖かさのちらつきと彼女の視線の奥深いものに気づきました。それは今までに経験したことのない感覚で、私の内側がよじれそうになりました。こんな思いをするのは絶対に嫌だった。認めたくない以上に怖かったです。私は彼女を好きになることができませんでした。私はそれを拒否しました。

私は頭を振って、心に押し寄せる圧倒的な感情を押しのけようとした。彼女は単なる賭けにすぎないと自分に言い聞かせなければなりませんでした。単なる挑戦であり、それ以上のものではありません。それが彼女のすべてだった。それでも、もう一度彼女を見ると、胸の痛みを否定できませんでした。彼女は私が自分に認識させていた以上のものでした。

「分かった、プレゼンテーションはこれで終わりにしようかな」とシエラは私に微笑みながら言った。私は感情を抑えようとして、硬くうなずいた。彼女はただの賭けです。ただの賭けだ、と自分に思い出させた。しかし、「ここで起こったことは何の意味もありません。

まったく何もありません。」と私が付け加えたとき、私の声は私を裏切りました。誰を説得しようとしているのかわかりませんでした。言いながらもその言葉が空虚に感じられました。彼女の失望した表情が目の端で見えましたが、それは私が予想していたよりも痛かったです。

「もちろん、他には何も期待していませんでした」と彼女は答え、声はさらに鋭くなった。　「しかし、それが私にとって最高のキスだったとは思えません。」

思わずニヤリとしてしまいました。彼女はすでにいつもの自分に戻ったようで、自信はそのままでした。「まあ、ミア・ベラ、あなたはまだ少し呆然としていると思いますが、心配しないでください、私にはまだ提供できることがあります。」からかいを加えずにはいられませんでした。「わかった、チャオベラ、それでは出発するよ。あ、あと、鍵をかけるのを忘れないでね」と私はドアに向かって歩きながら彼女にニヤリと笑いながら言った。

外に出た瞬間、肩の荷が下りたように感じました。久しぶりに、笑顔になりました。本物の笑顔。それは私が現時点で彼女のベストを尽くしたからというだけではありません。いや、それ以上だった。久しぶりに純粋で本物を感じました。無視しようとしても無視できない何か。

すべてを変えたキス

シエラ:

ルイがドアから出るとすぐに、私は再び床に倒れ込みました。ああ、なんてことだ、私はいったい何をしてしまったのだろう？永遠のように感じていた心の中で繰り返し再生していた夢が、予想していた形ではなく現実になりました。私はルイにキスをしました。私が長い間考えずにはいられなかった一人の人です。キスはすべてであり、同時に何もなかった。それは私が想像していたすべてであり、それでも私がこれまであえて期待していたよりもはるかに強烈で、はるかに現実的でした。その忙しさ、私たちの間に電気が走る…それはほとんどやりすぎでした。

それでも、彼の言葉が耳に残るにつれて、私のほんの一部が現実に戻りました。「それは何の意味もない」と彼は言いましたが、何らかの理由で、それが私を現実に引き戻した唯一のことでした。それは現実の確認でしたが、切実に必要なものでした。彼は正しかった。こんなキスは今までしたことがなかった。しかし、私は彼にそれを認めるつもりはありませんでした。その瞬間、私がどれほど完全に制御不能に陥っていたかを彼に知られたくありませんでした。彼が私にキスした方法、私が彼の中に溶け込んでしまうような気分にさせてくれた方法、それは私が夢見ていたすべてであり、それ以上でした。

問題？とても怖かったです。私があまりにも不注意で、何も考えずに喜んで彼に身を捧げていたという事実に、背筋がゾクゾクしました。彼は明らかに少し息を切らして離れていった。私は彼を受け入れてしまったことがどれほど嫌だったかを思いました。それでも、私はその感情を振り払うことができませんでした。私の心臓はまだドキドキしていて、彼を引き戻したいのか、それとも突き飛ばしたいのか、判断できませんでした。しかし、いいえ、私は彼を憎む必要がありました。彼に恋をするのは私ができる最も愚かな行為だということを自分に言い聞かせなければなりませんでした。それはただのキス、つまり賭けだった。それ以上は何もありません。そして、それを心に留めておく必要がありました。

次の日、私は不思議な静けさ、予想外の明晰さで目覚めました。昨夜の残暑も吹っ飛び、気分も良くなって家を出ました。外に出ると、いつものようにいとこがスクーターで私を待っていました。私が最も必要なときに、彼はこの方法で私を頭から引き離してくれました。天気も良く、雲間から太陽が顔を出し始めていました。私は彼のスクーターの後ろに飛び乗り、髪に風をなびかせながら学校に向かって走りました。

私たちが駐車場に車を停めたとき、レイラが黒い巻き毛を風になびかせながら、私に向かって歩いてくるのが見えました。彼女はモデルか映画スターのように見え、その顔は朝日に輝いていました。しかし、いつも彼女の口元に浮かんでいる笑顔はどこにもありませんでした。むしろ、何かが気になっているような冷たい表情を浮かべていた。昨日の出来事から、彼女が何らかのメルトダウンに備えていることはすでにわかっていました。

彼女は温かい笑顔で私に挨拶してくれましたが、その目は何か深いものを映し出していました。「ご存知のように、ヘルメットを脱ぐと映画スターのように見えます」と彼女は柔らかく、しかし知っているような口調でからかった。　「今日はいつもより素敵にドレスアップしたの? 昨日は何があったの? 私に秘密にしてるの?」

思わずニヤリとしてしまいました。確かに、私は少しドレスアップしていましたが、私とルイの間のキスについての真実を漏らすつもりはありませんでした。それは私にとって閉じ込めておくべきものでした。「ただ見栄えを良くしたかっただけなんです」と私は何気なく答えた。レイラは眉を上げて明らかに納得していなかったが、そのまま放っておいた。

その間、私のいとこはまだ私の後ろに立っていて、レイラはすでに彼をハグしていました。それは永遠に続くように思われたふざけたフレンドリーなハグの一つでした。彼女は人々にこのような影響を与えました。私のいとこのルーカスと彼の友人たちは皆、彼女の注意を引こうとして彼女の周りに群がりましたが、彼女は快く注意を彼らに与えてくれました。私は彼らのやり取りを眺めながら、少し面白がって口の端を引っ張りました。ルーカスは今や学校の王様であり、レイラが側にいて、誰もが彼を羨ましがっていました。見ているのは奇妙だったが、彼を少し誇りに思っていたことは否定できなかった。

突然、2台のバイクの爆音が空気を切り裂き、私のお腹がひねりました。私はそれが誰であるかを正確に知っていました。クラスの「悪い子」が集まってきました。ルイとライアンです。すでにバイクの回転音が聞こえ、それぞれの音が他より大きく聞こえました。彼らが惰性で駐車場に到着し、エンジンが停止すると、敷地全体が息をひそめたように見えた。もちろん、女の子たちはすぐに集まってきて、ヘルメットを脱ぐ男の子たちに目が釘付けになり、それぞれの動作が壮大なパフォーマンスの一部であるかのように誇張されていました。

レイラと私は顔を見合わせましたが、それは何よりも軽い嫌悪感からでした。ショーには興味がなかったけど、みんなの視線の重みは感じました。ルイとのすべてが終わった後でも、私はまだある程度の距離を保とうとしており、自分自身を少しコントロールしようとしていました。私が影響を受けていることを彼らに知らせるつもりはありませんでした。

ライアンとルイスは、いつものように友人たちに囲まれて私たちに近づいてきました。私たちは誰もが崇拝しているように見える「エリート」少年たちの真ん中に立っていました。ルイの目が私の目と合ったとき、私はあの懐かしい輝き、振り切ることのできない電気的なつながりを感じました。しかし、私はそれと戦った。彼は私に微笑んでくれたので、それが良い考えではないとわかっていても、私は思わず微笑み返しました。

しかし、レイラはライアンに笑顔を返さなかった。実際、彼女は彼をほとんど認識せず、視線は彼が見えないかのように彼の横を通り過ぎていった。それは彼らの間の通常のダイナミックさとは非常に対照的であり、私は彼女のその点に感心せずにはいられませんでした。ちょうどそのとき鐘が鳴り、まるで私たちの小さな演奏が始まる合図のようでした。

分かったかのような笑みを浮かべてレイラを見ると、彼女はうなずき返した。私たちはいとこのスクーターを押しのけ、入り口に向かって歩きました。一歩一歩が目的に満ちていました。男の子も女の子も、みんなが私たちに注目していることはわかっていました。

しかし、私たちには計画があり、それを完璧に実行するつもりでした。私たちは彼らが失ったものを見せるつもりだった。

入り口に近づくと、数人の教育実習生がドアのそばに立って、火のついたタバコを持ち込む人がいないことを確認していました。少女たちが憧れに満ちた目で彼らを見つめているのがわかりました。私たちが印象を残さない限り、私たちのためにドアが開かれることはありませんでした。それで、レイラと私は、いつもより少しだけ腰を振りながら、ドアに向かって歩きました。レイラは、誰もが心を溶かすような彼女の特徴的な笑顔を見せました。そして、案の定、訓練生はためらうことなく彼女のためにドアを開けました。私もそれに倣うと、ドアが勢いよく開いた。

私たちは自分たちの足跡を残したという確信を持って中に入りました。私たちはただドアをくぐったのではなく、自信を持って力強く入ったのです。私たちが意図したとおりの影響を与えてくれることを祈るばかりでした。

おなじみの見知らぬ人

ルイ：

そんなことは予想もしていませんでした。シエラは、ある意味、自分の魅力を誇示しているようで、自分がいかにセクシーで、誰とでも簡単にセックスできるかを私に見せてくれているようだった。まあ、彼女は確かにそれを明確にすることに成功しました。私はライアンをちらっと見ずにはいられませんでした。彼はずっと精神的に壁に頭をぶつけているように見えました。やがて彼は私の視線と目が合い、怒りに顔を歪めながらつぶやいた、「なんてバカなんだ？何かが壊れそうな気がする——できれば頭だ」私はその瞬間がなんだか面白いと思いながら、にやにや笑いました。　「おい、そんなことしないでよ。実際に必要なことかもしれない。たとえレイラにしたことがかなり愚かだったとしてもね」私は彼をからかい、つつきました。

彼は明らかにイライラしていました。「そう、そう、あなたが私の顔をこするのが好きなのは知っていますが、もう十分です。たぶん、私は彼女のことを忘れて、外出してパーティーをし、ただランダムな女の子と寝たほうがいいでしょう。」

「本当にそれが良い考えですか？」私は彼の論理がよく分かりませんでしたが、尋ねました。「分からないよ、おい。」

「あなたが私と一緒にいるかいないかのどちらかですが、私は間違いなく行きます」と彼は決意した口調で言いました。

まあ、その論理には反論できませんでした。物事が思い通りに進まなければ、彼がまた暴言を吐くのは明らかだった。気を紛らわすことができると思ったので、肩をすくめました。　「分かった、行ってくるよ。シエラや学校からしばらく離れるのは、まさに私にとって必要なことだと思うよ。」

こうして私たちは歴史の授業に臨みました。私たちが入るとすぐに、すでに機嫌が悪くなっていたミッターマイヤー氏は、最初に目にした人物、つまり正面近くに座っていた少女に向かって噛みつきました。それが誰であるかはあまり気にしませんでした。私の心は別のところにありました。

ライアンと私が席に着くと、レイラとシエラがすでにその場所に落ち着いていることに気づきました。シエラは相変わらず美しくそこに座っていたが、私の注意を引いたのは彼女の外見だけではなかった。彼女のブロンドの髪は、脱色しすぎた偽物ではなく、自然なブロンドであり、窓から差し込む太陽の光の下で輝いていました。突然、彼女が振り向いたので、私たちは目が釘付けになりました。彼女の淡いブルーの瞳は魅惑的で、いつまでもその中に夢中になってしまいそうなほどでした。彼女の唇はいたずらっぽい笑みを浮かべて丸まり、私は何度でも彼女にキスできそうな気がした。しかし、彼女が私に眉をひそめるとすぐに、私は現実に戻りました。いいえ、そんなことは許せませんでした。彼女に恋をすると、さらに複雑な事態が起こるだけだ。特に今は、感情に負けて弱ってしまうわけにはいきません。

残りの学校生活はぼんやりとしたものでした。何も集中できませんでした。私はこの状況から抜け出し、家族や賭けといった重要なことに再び集中する必要があるとわかっていました。シエラは単なる気晴らしであり、賭けであり、それ以上のものではありませんでした。彼女にこれ以上私を感情に引き込ませるわけにはいきませんでした。感情はあなたを柔らかく、傷つきやすいものにします、そしてそれは今私が許される最後のものです。

終了のベルが鳴ったとき、私は荷物を持って車に急いだ。見るべきものはあまりなく、単なる古いジャンク品でしたが、機能しました。私が最初にしたことは、妹を迎えに妹の学校へ向かいました。私が学校の駐車場に車を停めたとき、彼女が友達に囲まれて校門に立って笑っているのが見えました。彼女は幸せでした、そしてそれだけが重要でした。

彼女はすぐに私に気づき、顔が明るくなりました。彼女は友達に手を振り、別れを告げて私に向かって走っていきました。私は彼女を腕に抱き上げ、2回回転させてから、そっと下ろしました。彼女は満面の笑みを浮かべていた。「やあ、ルイ！ わかってる？ 仕事が戻ってきたよ！」彼女は興奮して言いました。

私は笑いました、「ああ、本当ですか？ついにその『6』を手に入れたのですか？」

彼女は笑いました。「いいえ、違います。むしろ後ろから６のようなものです...それで、１です!」彼女は喜びの声を上げた。

私も笑って、「それで、それは何の主題でしたか?」と尋ねました。

「数学の先生は、私がこのレベルには頭が良すぎると言っています」と彼女は言い、満面の笑みを浮かべた。

私は思わず彼女に微笑み返した。キアラは、私がこうなりたいと願っていたものすべてでした。強くて、賢くて、そして喜びに満ちていました。彼女は茶色の目を除いて私と同じように見えました。彼女が飛び級できることは以前から知っていましたが、彼女にはそれを望んでいませんでした。彼女は家庭での困難にもかかわらず、このクラスに留まり、子供時代を楽しまなければなりませんでした。

彼女の持ち物を手に取った後、私たちは弟のニコをサッカーの試合に迎えに体育館へ向かいました。最後の 2 分だけを捉えましたが、それは問題ではありませんでした。キアラはサッカーには興味がありませんでしたが、ニコを見るのは好きでした。彼は初めての実際の試合でプレーしていたので、私はそれを見逃すわけにはいかなかった。私たちが体育館に入ると、他の保護者の何人か、特に数人の若い母親たちが私に長い視線を送っていることに気づきました。私は彼らのことを気にしませんでした。私は兄のためにここに来ました。

ニコは野原の向こうから私を見つけました。彼は私を見るとすぐに、顔が満面の笑みを浮かべました。彼は相手選手からボールを奪い、ゴールに向かって突進した。彼は素早く、集中力があり、決意が強かった。ゴール直前、全力でボールをシュートした。ゴールキーパーを越えてゴールへと突き刺さった。チームが歓声を上げると、ニコは私に駆け寄って叫びました。「見た？ボールがどのようにネットに飛んだか見た？止められなかった！」

私は微笑みましたが、私の心はそこに完全にはありませんでした。弟の喜び、興奮、すべてが母が亡くなる前の、物事がもっと単純だった頃のことを思い出させました。彼女の死後、私たちの家の暖かさを維持するのは絶え間ない闘いでした。でも、ニコがとても元気いっぱいで、のびのびしているのを見て、私は長い間感じたことのない何かを感じました。

私がそれ以上何も言う前に、ニコは私のお腹を軽く殴り、私の腕を掴み、私を黒い髪と青い目の小さな男の子のところに引きずり込みました。「ルイス、これは私の新しい友達のジャックです！彼は私のクラスにいます、そして彼は私と同じようにフットボールが得意です！」ニコは私をジャックに紹介したとき、ほとんど誇りに満ちていました。

私はジャックを見下ろし、彼は私に笑いました。「ねえ、ルイ、私はゴールを決めたけど、あなたはそれを見に来なかったのよ」と彼は言った。

私は笑いました、「見たかったですね。あなたは天然ですね。」

さらに言おうとしたその時、聞き覚えのある声が聞こえた。

その瞬間、お腹がへこむのを感じ、それが誰なのかはっきりと分かりました。

終わり